T s u d a　S u s u m u　S e n r y u　c o l l e c t i o n

川柳作家ベストコレクション

津田　暹

枯れ葉さらさら明日考える明日のこと

The Senryu Magazine
200th Anniversary Special Edition
A best of selection
from 200 Senryu writers' works

新葉館出版

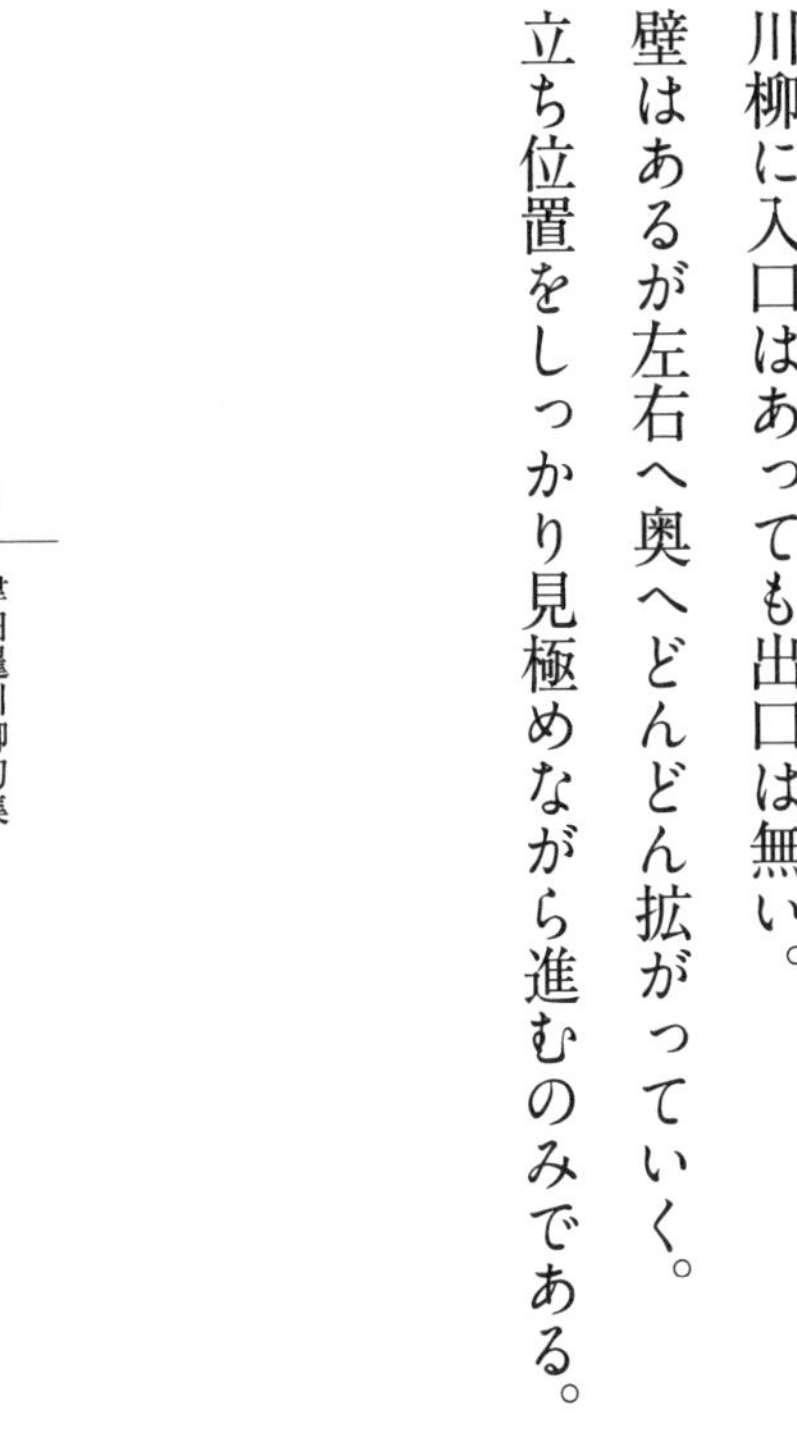

川柳に入口はあっても出口は無い。
壁はあるが左右へ奥へどんどん拡がっていく。
立ち位置をしっかり見極めながら進むのみである。

川柳作家ベストコレクション

津田　暹　■　目次

川柳作家ベストコレクション

津田 暹

第一章　Sweet & Spicy（自然・物・人間&時事・社会）

皇室はいいなと思う那須葉山
マニュアルが無くても桜咲いて散る
雑草の種に大らかなる大地

自然

這い上がる勇気を呉れる壁の蔦

ガーデニング心の中にしたくなり

不揃いの蜜柑ジュースに化けて出る

ささやかな抵抗ぎんなんが爆ぜる

ストレスを溜めるオフィスの観葉樹

歳時記に電照菊は載せられぬ

蜘蛛の巣に外灯という一等地

何考えているか網戸に止まる蝉

虫籠に死なせてしまう虫を飼う

キリギリスの骸に蟻が群れている

ゴキブリに餌あげている研究所

焼くだけの秋刀魚も買わぬカップ麺

河川敷に野鳥の会と青テント

百舌の生贄が増えてく冷蔵庫

雄鶏に替わる夜明けの救急車

ぜんまいを巻かれて踊る猿である

朱に染まる僕等はみんなカメレオン

暖房に春の足音聴き洩らす

稲穂までお辞儀忘れている冷夏

望遠鏡月を醜いものにする

日本酒をストローで飲む紙パック

年末と年始を酒で結びつけ
紙コップビールを泡にしてしまい
讃岐うどんの歯ごたえが人に無い

油揚げの裏まで見せる稲荷ずし

遊ぶ時間まだ足りません無洗米

故郷の味行き来する垣根越し

買ってからも一度摘む試食品
ムチムチが好きベーグルのことですが
豚骨に鶏がら骨までも愛す

天婦羅にされてビックリするアイス

スプーンナイフフォーク洋食ややこしい

顔色に出せないロボットの疲労

ロボットに何時かは起こる立ちくらみ

能面は素直悲しいときは泣く

乱れても惹かれるものに日本髪

母の眼にみんな似ているこけしの眼

年輪の辛苦は知らぬラワン材

糠床へ再就職の錆びた釘

打たれた瞬間のボールは丸くない

案山子にも被せてあげる夏帽子

ＩＴの世に生き残る音花火

雷神の歯にひっかかる臍ピアス

乗り過ぎへエレベーターは妥協せず

ガソリンのがぶ飲みをするレジャーカー

恋なのかパンタグラフが火花する
故里を絵にする一輌の電車
上向きで書くと書けないボールペン

Eメールだけなら安くつく賀状

来年から賀状止めるとある賀状

忘れてもケータイがある腕時計

枕にはなってくれない電子辞書

くちばしの黄色へ紅が早過ぎる

好みとはいえ銀色のアイシャドー

人間

雷をへそ出しルック気にしない

マドンナもノラも和服は似合わない

プッツンの若者に巻くねじが無い

若者の辞表悩んだあとがない

御屠蘇って何と店員聞き返す

朝酒の楽しみがある夜勤明け

会計課数字でものを言いたがり

にんにく臭するライバルで高が知れ

操りの糸上役も付けている

底辺の汗頂点が褒められる

辞表みな胸に秘めてるプロジェクト

社長にはいつでもなれるネオン街

ドアも心も二重ロックの街に住む

後ろからスピード違反強いられる

他人の時間を翻ってるマイペース

パソコンに夢中虹には気付かない

講演へメモ取る人と眠る人

慰謝料に傷の深さを誇張する

批評家が無理矢理探す玉の瑕

本心を隠す主張は語尾が消え

パドックに夫の朝の顔を見る

演技ではない老優の立ちくらみ

重力があっても出来る宙返り

父の日というよりパパの日と思う

夏なのにまた北国の春ですか

善人が主役になれるのは童話

急いでも平等に来る新世紀

時事・世紀

パンドラの箱は要らない新世紀
新世紀の空も明るくなさそうだ
元年の暮れに昭和がまだ匂い

昭和史の長さ終止符まだ打てず

八月の雲哀しみの形して

昨日何食べた八月十五日

戦争と平和

蝉の穴数えて今日は終戦日

爆音が未だに取れぬ耳掃除

ミサイル発射マリアの顔は欠けたまま

アフガンの義足も癒したい足湯

戦する同じ空気を吸いながら

満腹で歌うとだれる反戦歌

九条の引っかき傷が膿んでくる

九条に付けておきたい迷子札

ヒトを造った神はいつかは裁かれる

社会・経済・情報

清き一票集めて清い人でなし

大臣の眼に黒くない黒い金

抱きしめてくれる両手のない福祉

作業靴社長も履いて生き残る

字の欠けたネオン不況がまだ続く

膨らんだ餅バブル期を忘れない

胃の腑への給油も減らす原油高

箱庭の視点で疎い国際化

コンビナートの灯をきれいとも怖いとも

使いすぎに注意とサラ金のチラシ

銀行も去りニュータウン年を取り

一輌にしても空いてる赤字線

産科医が都会に逃げていく過疎化

長男と長女ばかりの幼稚園

少子化へカラスと帰る子が居ない

塾鞄追い越し方が詰めてある

二日制のゆとりを塾が待ちわびる

甘くなったね梅干しと子の躾

女の子優しい人を見て逃げる

被害者は下加害者は上を向き

ノーベルが私の技に気付かない

百円ショップ夢も小さくなっている

日の丸の丸がこの頃星に見え

沿道の田圃にコンビニが稔る

ゴキブリも中国産は口にせず

肉骨粉牛は草食だったはず

牛肉を食べるしかない捕鯨基地

竹光で芸能人が斬る世相
川上に桃が流れていく乱世
開発が野山に強いるダイエット

環境

外国の緑減らして家が建ち

日本の四季から消える仕切線

東京と温度差がない軽井沢

ブレーキが無い少子化と温暖化

ゴミ処理費カラスが食べた分は減り

空クジが今年最後のゴミとなる

封筒をも一度使うリサイクル

あなたにも地球救えるマイバッグ

ライトアップもったいないが泣いている

洗剤が地球の汚れひどくする
農薬も少しは使う無農薬
浄気器も何時か売り出す浄水器

煙突から煙を出して叱られる

マイナス成長へ地球はホッとする

完璧は神話原子炉コンコルド

共存も共生もない放射能

核の火を消して見つめる蛍の火

かな書きの市名が落とす国語力

言葉

テロップの誤字を見つけて嬉しがり

ＫＹを教科書読めぬかと思い

文語体知らぬパソコン電子辞書

第二章　Bitter（私）

芋の葉を食べた話に子が飽きる

年頃の子が居て新語には強い

鬼と手をたまには結ぶ子の躾

妻子・愛

栗のいが知らぬ過保護な子に育て

妻が居て子が居て無理をして走る

子が済んで妻に始まる反抗期

肉親のようにひばりへ妻が泣く

妻の選る背広で少し若返る

片付けが楽だと妻が鍋にする

縮めれば一分妻の長電話

陽気でも棘が気になるバラと妻

新婚の声でペットを妻が呼ぶ

五六枚生えていそうな妻の羽

妻に似た人にニコッとしてしまう

大好きと書く罫線をはみ出して

ピンクからグレーになっていく吐息

君と居るマナーモードを崩さずに

あなたなら春のソナタがよく似合う

愛してるけど歯ブラシは別にする

不揃いの皿に歴史がある夫婦

熱の出ぬ風邪で仕事が休めない

健康・年齢

がん細胞笑う門から逃げていく

快復期ロマンチックな夢を見る

花粉症グッズ揃える春の陣

気が付けば薬の海に浮いていた
休肝日よりも取りたい休薬日
肝臓も年を取ったか直ぐに酔い

まだ先に父の轍が残る古稀

猪突から牛歩に替えて古稀迎え

ドリンクを飲んで戦士の貌になる

自分

白を白だと言い切ってまだ若い
脱皮したつもりで枠の中に居る
鍋つかみほどの役にはたっている

スタッフと呼ばれ雑用ばかりする

頷いてばかり張子の虎でいる

本音ともいえず失言ですと詫び

使い捨て剃刀何回も使う

少年に還る都電に乗りに行く

学割の旅ジパングで追ってみる

定年日ぐらいは止んでほしい風

職終えて今糟糠の夫です

職退いて障子の桟を拭いている

職退いて脱兎の頃を想う初春

三分が経った宴を始めよう

ビールより高いつまみで飲むビール

鰤かまの美味さ独りの酒もよし

雑炊と粥の違いを知って主夫

梅漬けの紫蘇揉む力まだ残り

米櫃を満たして不安まだ消えず

直感の冴えロボットにまだ負けぬ

年甲斐もなくアクセルを踏みすぎる

浅間山私も噴いてみたくなる

歯には歯をそんな若さも過去になり

生きるためスピード違反繰り返す

風をまだ少しは起こせそう走る

ノーヒントそれもヒントだなと思う

懐に返した筈の金がある

テープ起こしてこんなこと言ったっけ

文脈の乱れに老いを悟られる

人生の登攀車線が欲しくなる

手のひらで掬う程度の幸でいい

砂時計ほどの余生を楽しまん

遊びせんとやマウスを握る老いの指

葉脈のその一本として生きる

生き様に似て下向きの花が好き

加湿器を心の隅に置いてみる

雑踏の中でおのれとすれ違う
下書きが終らぬうちに日が暮れる
筋書きが父に似てきたエピローグ

あと幾つ越すか今年の夏も逝く

振り向くと過去に灯りがついている

下り坂過去の私と擦れ違う

賞状を眺めて過去に浸りきる
過去ばかり話して過去の人にされ
足枷の過去と力をくれる過去

針穴を何度も抜けてきた命

春愁やスパゲッティーを茹ですぎる

木犀の香りに思秋期が疼く

秋ですね五段重ねの蕎麦を食べ
落葉はらはらまた親友が一人逝く
窓越しの冬の日差しに油断する

去年ほど飲めなくなった初春の酒

仮の世のゴール我が家で迎えたし

逝く時は我が家でソフトランディング

腐らないように命を陽にかざす

遺り残したことあり夕陽握りしめ

もぐら塚程度の墓でよしとする

散骨は桃源郷にしておくれ

気がつけば風とふたりっきりでいる

枯れ葉さらさら明日考える明日のこと

あとがき

川柳を始めたのは昭和六十年四月で四十八歳の時。動機は仕事上、自己開発能力を高める一助にしたいという、およそ詩心とは縁の遠いものであった。たまたま通ったカルチャー教室の講師が渡邊蓮夫師であったことが今迄川柳を続けてこられた源になっている。小学生の頃から落語やジョーク集が好きで駄洒落もよくとばしていた。教室に通い始めた頃も駄洒落的な川柳を作っていたが、蓮夫師の指導で半年後には川柳の何たるかが分かり始め、翌年には「歳時記を柩の母の手に持たせ」のように死までも詠むことが出来るようになった。また、この頃に売り出されていた田辺聖子の『川柳でんでん太鼓』と時実新子の『有夫恋』にも大いに刺激を受けた。

その後「川柳研究社」をはじめ地元の「わかしお川柳会」「千葉番傘川柳会」に入会、日に数十句作ったこともあったが、昭和六十三年十一月に舌癌を発症して入院、翌平成元年に二度の手術をし、後遺症により秋までのリタイヤを強いられた。この間、妻の介護と川柳に支えられて心身共に健康を取り戻すことが出来た。川柳に助けられたという思いも強く、以後、作句ばかりでなく川柳の普及に繋がる活動に多く手を染めることになり、今に至っている。

本書は第五句集に相当するが、これまでの句集発刊の経緯を振り返りながら本書の位置付けをご説明しておきたい。

句集発刊を十年毎にという思いでいたが、第一句集の『川柳三昧』を上梓出来たのは始めて十四年目の平成十一年であった。甘・辛・渋の三章仕立てであったが、そのあとがきに予想して記したように『川柳三昧』での紹介記事が半数に達した。

それから十年後の平成二十一年に第二句集をと準備にかかったが、新葉館から川柳作家全集の話があり、時期的にこれを優先せざるを得なくなり、『川柳ながや句集』掲載句からの抜粋に限ってこれに充てた。第三句集となる『川柳三味Ⅱ』は一年遅れの平成二十二年に上梓した。この年が丁度「川柳研究社創立80周年大会」の年にあたり、その記念品の一つとさせていただいた。

その後、千葉県川柳作家連盟の創立五十周年記念事業として数年に亘り叢書を五冊ずつ発行することになり、その㉑として『川柳三味拾遺』を平成二十六年に上梓した。掲載句は『川柳三味Ⅰ』『川柳三味Ⅱ』の掲載句を決めた時にリストアップした一万数千句から取り遺した句を再度抜粋したものだが、結構気に入った句が遺されていて、拾遺として陽の目を見ることになってよかったと思っている。ただし、発行部数と配布地域が限られている。今回、新葉館のセンマガ二〇〇号記念の企画は既発表の句もＯＫなので、この拾遺二八〇句を二四〇句に絞って上梓することとした。『川柳三味拾遺』はＳｗｅｅｔ・Ｓｐｉｃｙ・Ｂｉｔｔｅｒの三章仕立てだか、本性は二章仕立てということで、客観的なＳｗｅｅｔとＳｐｉｃｙを一章に、主観的なＢｉｔｔｅｒを二章とした。川柳を始めた年から二十数年余り経った句が入り乱れているが、お気軽に読んでいただければと願っている。

最後に、本句集の上梓にあたり何かとご迷惑をお掛けしながらこぎつけて頂いた新葉館の竹田麻衣子氏に感謝の念を表したい。

二〇一七年十二月吉日

津田　暹

●著者略歴

津田　暹（つだ・すすむ）

1937年（昭和12年）6月3日。東京都大田区生まれ。

1985年　作句開始。

現在、川柳研究社顧問、川柳サロン顧問、わかしお川柳会顧問、Uの会会長、川柳展望社会員、川柳スパイラル会員、東都川柳長屋連店子、（一社）全日本川柳協会理事、千葉県川柳作家連盟会長兼「犬吠」編集者、川柳人協会理事、NHK学園川柳講座講師ほか

著書　句集「川柳三昧」（1999年）
川柳作家全集　津田暹（2010年）
句集「川柳三昧Ⅱ」（2010年）
千葉県川柳作家連盟叢書第5輯「川柳三昧拾遺」（2014年）

現住所
〒二九九−〇一一七
千葉県市原市青葉台二−九−二

川柳作家ベストコレクション
津田　暹
枯れ葉さらさら明日考える明日のこと
○
2018年 5 月16日　初　版
著　者
津　田　　　暹
発行人
松　岡　恭　子
発行所
新　葉　館　出　版
大阪市東成区玉津1丁目9-16 4F　〒537-0023
TEL06-4259-3777㈹　FAX06-4259-3888
https://shinyokan.jp/
○
定価はカバーに表示してあります。

ISBN978-4-86044-877-6